새로운 생

V i t a N o v a

새로운 생

루이즈 글릭 시집
정은귀 옮김

시공사

차례

일러두기

- 본문의 이탤릭체는 원서에서도 이탤릭체로 표기된 부분이다.
- 외국 인명·지명·작품명과 독음은 외래어표기법에 따랐다.

새로운 생

VITA NOVA

당신이 나를 구했어요, 당신은 나를 기억해야 합니다.

그해 봄; 젊은이들이 페리보트를 타러 표를 끊고 있네.
웃음, 대기가 사과꽃 향기로 가득하다.

내가 깨어났을 때, 나는 똑같은 감정을 느낄 수 있다는 걸 알았다.

어린 날 들은 것 같은 그런 소리들을 기억해,
아무 이유 없이 깔깔 웃는 소리를, 세상이 아름다우니까,
그 비슷한 것을.

루가노. 사과나무 아래 테이블들.
갑판원들은 색색의 깃발들을 올렸다 낮추었다 하고.
또 그 호숫가에서, 어떤 젊은이는 모자를 물속에 던지고;
아마도 애인이 청혼을 승낙했나 보지.

중요한
소리들 혹은 동작들
더 큰 주제 앞에 깔리는 곡
그러고선 아무도 안 듣다가 묻히고 말지.

멀리 있는 섬들. 어머니는
조그마한 케이크 담은 접시를 들고 계시네—

내 기억하기론,
작은 것들은 하나도 안 변했어, 그
생생한 순간은 못 건드려, 빛에 한 번도
노출되지 않았지, 그래서 나는 힘차게 깨어났지,
생을 갈망하는 나이에, 자신만만하게—

테이블 옆에는, 새로 난 너른 풀밭, 그 연초록은
어두운 땅으로 스며들고.

분명 봄이 내게 돌아온 거야, 이번에는
연인으로서가 아니라 죽음의 전령으로, 하지만
아직은 봄이야, 아직은 다정하게 있어야지.

새벽의 노래

AUBADE

세상은 무척 넓었다. 그때
세상은 작았다. 아,
너무 작은, 너무 작아서
뇌 하나에 딱 맞았다.

무색이었고, 전부가
안쪽 공간이었다: 아무것도
들어오고 나가지 못했다. 하지만
시간이 어떻게든 스며들었고, 그것은
비극적인 양상이었다.

방이 하나, 거기 의자가 하나, 창문이 하나.
작은 창문은, 빛이 만드는 무늬들로 가득하고.
그 공허 속에 세상은

늘 완전했다, 어떤 것의
파편으로서가 아니라, 그
중심에 자아가 있는.

그리고 그 자아의 중심에는,

내가 살아남지 못할 것으로 생각한 비탄이.

방 하나, 거기 침대가 하나, 테이블이 하나. 눈부신
빛의 섬광들 발가벗은 표면에 드리우고.

나는 두 가지 열망이 있었다, 안전하게 있고 싶은
열망과 느끼고 싶은 열망. 마치

세상이 백색에 맞서는
어떤 결심이라도 하는 듯했다,
세상이 잠재적인 걸 경멸하고
대신 실체를 원했기 때문이었다:

햇살이
꽂힌 황금빛 판들.
창문에는, 너도밤나무
불그스레한 이파리가 어른거리고.

정지 상태에서 벗어나 사실들과 물체들이
흐려졌고 서로 함께 얽혔다: 어딘가에서

흔들리는 시간, 시간은
울면서, 만져 달라, 손으로
만져 달라고,

반들반들한 나무는
다른 빛깔로 일렁이고—

그때 나는 한 번 더
풍요로움 앞에서 아이가 되었다,
풍요로움이 무엇으로 만들어지는지는 모른 채.

카르타고의 여왕

THE QUEEN OF CARTHAGE

사랑하는 건 참혹한 일,
죽는 것은 더 참혹한 일,
사랑 때문에 죽는 것은
이를 데 없이 참혹한 일.

결국, 카르타고의 여왕 디도는
기다리는 부인들을 불러 모아
운명의 여신이 그녀에게 새긴 그 끔찍한 운명을
그들이 보도록 했다.

디도가 말했다, "아이네이아스가
그 일렁이는 바다를 건너 나에게 왔어요;
운명의 신들에게 청했어요,
그이가 내 열정에 답할 수 있게 해 달라고,
잠시라도 좋다고. 잠시의 시간과 일평생은
어떤 차이가 있는지: 사실, 그런 순간들에,
그 둘은 똑같아, 둘 다 영원이니.

나는 엄청난 선물을 받았는데
그걸 늘리고 싶었어요, 연장하고 싶었어요.

아이네이아스가 바다 건너 내게로 왔어요: 그 시작이
나를 눈멀게 했어요.

이제 카르타고의 여왕은
호의를 받았으니 그 고난도 받아들일 것이다:
운명의 여신에게 통고를 받는 것은
결국엔 어떤 탁월함이다.

혹은 이렇게 말해야 하나, 갈망을 소중히 품었다고,
운명의 여신은 그 이름을 따라 가는 법이니."

열린 무덤

THE OPEN GRAVE

어머니는 나의 욕구를 만드셨고,
아버지는 나의 양심을 만드셨다.
죽은 자에 대해선 좋은 것만 말하라. *(De mortuis nil nisi bonum)*

그러므로 무덤가에서
내가 엎드려
비통하게 누우려면
대가가 필요할 거다.

나는 땅에다 대고 말하네,
우리 어머니께 잘해 드리세요,
지금 그리고 나중에도.
우리 모두 부러워했던 아름다움은
당신 차가움과 함께 놔두고.

나는 늙은 여자가 되었네.
내가 그토록 두려워했던 어둠을
나는 반겨 맞이했네.
죽은 자에 대해선 좋은 것만 말하라.

불문법

UNWRITTEN LAW

재밌어, 우리가 어떻게 사랑에 빠지는지:
내 경우엔, 완전. 완전, 또, 아아, 자주—
어렸을 때도 그랬어.
늘 좀 소년 같은 남자들과—
미숙하고, 뚱하고, 아니면 안무가 밸런친처럼
죽은 나뭇잎들을 부끄러이 발로 차는 남자들.
그이들을 똑같은 버전으로는 보지 않았지.
나는 융통성이라곤 없는 플라톤주의자라서,
한번에 하나만 열심히 보는 편이라서.
부정관사는 쓰지 않았지.
하지만 내 어린 날의 실수들이
반복되면서 나는 희망을 잃었지,
늘 그렇듯이 말이지.
하지만 당신은 뭔가 다른 타입인 것 같았어—
정말 너른 사람, 쾌활하고 땅을 사랑하고,
내 본성과는 딴판으로. 당신 안에서,
내 행운을 빌었다는 거 인정.
그 세월 그런 식으로, 온전히 축복받았지.
또 당신은 당신 지혜와 잔인함으로
서서히 나를 가르쳤지 그 세월이 얼마나 무의미한지를.

타오르는 심장

THE BURNING HEART

"……어떤 슬픔도
비참 속에서 기쁜 추억들을
시연하는 것보다 더 크지는 않다……."

나는
다른 사람과 언약이 되어—
어떤 사람과 살았다.
누가 당신을 만지면 이런 것들 당신은 다 잊는다.

그가 그녀를 어떻게 만졌는지 그녀에게 물어보라.

그의 손이 나를 만지기 전에
그의 시선이 먼저 나를 만졌다.

그가 그녀를 어떻게 만졌는지 그녀에게 물어보라.

모든 것이 주어졌기에
나는 아무것도 요구하지 않았다.

그녀가 무얼 기억하는지 그녀에게 물어보라.

그 지하 세계로 우리는 던져졌다.

나는 생각했다
우린 이제 더 이상은
아무 책임이 없다고, 살아 있음에
대한 책임이 없는 것처럼. 나는
책망받을 일 없는 어린 소녀였다:

그러곤 버림받은 이가 되었다. 내가 그리 많이
변했는지, 하루 또 하루 지나며?
내가 변하지 않았다면, 내 행동은
그 어린 소녀의 품성에 있었던 게 아닌가?

그녀가 무얼 기억하는지 그녀에게 물어보라.

나는 아무것도 알아채지 못했다. 나는
내가 떨고 있다는 걸 알아챘다.

그 불이 아픈지 그녀에게 물어보라.

우리 함께 있었다는 걸
기억한다.
점차 나는 알게 되었다
비록 우리 둘 아무도 움직이지 않았지만
우린 함께 있지 않고 분리되어 있었다고.

그 불이 아픈지 그녀에게 물어보라.

세상보다 더 오래가는 불 속에서
당신은 남편과 영원히 살 거라 기대한다.
이 소망 당연한 거였다고 나는 생각해,
여기서 우리는 지금 둘 다
불이고 영원이라서.

당신 인생을 후회하나요?

당신이 나를 만지기 전에도 나는 당신에게 속해 있었어요;
당신은 나를 바라보기만 하면 되었어요.

로마인의 학문

ROMAN STUDY

처음에 그는
자기가 비너스가 아니라 아프로디테로
태어났어야 했다는 기분이 들었다,
남아 있는 일, 그리스인들을 따라서
성취할 일이 거의 없었기 때문이다.

그래서 그는 그리스가 제일 큰
소유권을 가지고 있는
빛에 화가 났다.

그는 자기 어머니를 저주했다,
(은밀하게, 조심스럽게)
일이 이리 된 건 다 어머니 때문이라고.

그러고 나서 이런 반응들을
살피는 일이 그에게 떨어졌다,
그가, 드디어 완전 새로운
생각을 인식하게 된 것이다
지금 인간의 용어로 말하자면
더 세속적으로, 더 야심차고

더 현명하게.

더 오래 생각할수록
로마인은 그리스인들에 대해
살짝 멸시하는 마음이 들었으니,
그들의 엄격함, 위대한 비극에서조차
기묘하게 잡는 균형에 대해—
처음엔 오싹하다, 다음엔
어느 정도 예측 가능한 틀.

그가 더 오래 생각할수록
더 분명해진 것이 있었으니,
경험할 것, 기록할 것이 너무나 많이
남아 있다고, 이전에는 중요해
보이지 않던 물질의 세계가.

이런 식으로 따져 보면서 그는
기민한 자기 천성의 영역과 궤적을
정확히 알게 되었다.

새로운 인생

THE NEW LIFE

나는 공정한 자의 잠을 잤다,
나중엔 많은 죄를 짓고
이 세상에 오는
태어나지 않은 자의 잠을 잤다.
이 죄들이 무엇인지
처음엔 아무도 모른다.
몇 해가 지나고서야 알게 된다.
긴 생이 지나고서야 비로소
그 방정식을 읽을 준비가 된다.

나는 이제 내 영혼의 본질을
인식하기 시작한다, 징벌로
내가 살고 있는 그 영혼.
갈망 속에서도 완강한.

나의 다른 인생들 속에
난 너무 성급했고, 또 너무 열렬했다,
내 서두름이 이 세상 고통의 원천이다.
독재자가 으스대듯이 으스대며;
나는 너무 다정다감하지만,

심장은 차갑다, 얄팍한 이들의 방식.

나는 공정한 자의 잠을 잤다;
나는 범죄자의 생을 살았다
천천히 그 불가능한 빚을 갚아나가며.
그리고 가혹한 어떤 종(種)을
책임지고서 나는 죽었다.

포마지오 치즈

FORMAGGIO

산산이
부서졌기 때문에 세상은
온전했다. 세상이 산산이 부서질 때,
그때서야 우리는 세상이 무엇인지를 알았다.

세상은 절대 스스로를 치유하지 않았다.
하지만 깊은 틈새 속에, 더 작은 세상들이 나타났다:
인간이 그걸 만들었다는 건 좋은 일;
인간은 자기들에게 무엇이 필요한지를
안다, 어떤 신보다도 더 잘 안다.

휴런 애브뉴에서 사람들은
한 블록 가게가 되었다; 그들은
생선 장수, 치즈 장수가 되었다. 그들이
무엇이든, 무엇을 팔았든, 그들은
똑같은 방식으로 기능했다: 그들은
이를테면 안전의 화신이었다.
안식처와 같이. 장사하는 사람들은
부모님들과 비슷했다; 그들은 거기에서
살 것 같았다. 대체로, 부모님들보다

더 친절했다.

작은 지류들이
커다란 강을 먹여 살린다: 나는
여러 생을 살았다. 그 잠시의 세상에서,
나는 과일이 있던 곳에 서 있었다,
핼리네 꽃 아래로,
체리가, 귤이, 켜켜이 쌓여 있었다.

나는 여러 생을 살았다. 강을
먹여 살리면서, 그 강은
거대한 대양을 먹여 살린다. 만약 자아가
보이지 않게 되면, 그것은 사라진 것인가?

나는 번성하였다. 나는
완벽하게 혼자 산 것은 아니다, 혼자였지만
완벽하게 혼자는 아니었다, 이방인들이
내 주변으로 몰려들었다.

그게 바로 바다라는 것이다:

우리는 비밀리에 존재한다.

나는 이전에도 여러 생을 살았다,
한 묶음 꽃줄기로 살았다: 그것들이 하나가
되었다, 가운데에 리본을 묶은 채,
손 아래로 보이는 리본. 손 위에는
가지를 뻗은 미래가 있고, 꽃에서 끝이 나는
줄기들이 있다. 그리고 꽉 움켜쥔 주먹이—
그것이 현재의 자아가 될 것이다.

죽음이 두려워

TIMOR MORTIS

너는 왜 그렇게 겁이 많아?

중절모를 쓴 남자가 침실 창문 아래로 지나갔다.
그때 나는 네 살도 채
되지 않았을 것이다.

그건 꿈이었다: 내가 오똑 섰을 때
나 그를 보았다, 거기서 나는 그로부터
안전할 수도 있었을 텐데.

너는 네 어린 시절이 기억나니?

꿈은 끝났는데
공포가 남았다. 나는 내 침대에 누워 있었다—
아마 요람일 것이다.

내가 유괴되는 꿈을 꾸었다. 그건
사랑이 무엇인지, 사랑이 영혼을
어떻게 위험에 빠트리는지 내가 알았다는 뜻이다.
나는 알았다. 나는 나의 몸을 바꾸었다.

그런데 너는 인질이었니?

나는 사랑이 무서웠다, 끌려가는 것이.
사랑이 두려운 이는 모두 죽음을 두려워한다.

나는 무관심을 가장했다,
사랑 앞에서조차, 갈망 앞에서조차.
더 깊이 느낄수록
나는 덜 응답했다.

너는 네 어린 시절이 기억나니?

내가 받은 선물들의 어마어마한 크기가
내 거절의 범위와 맞아떨어진다는 걸 난 알았다.

너는 네 어린 시절이 기억나니?

나는 숲에 누워 있었다.
가만히, 어떤 살아 있는 생명체보다도 더 가만히.
해가 뜨는 걸 지켜보면서.

또 언젠가 어머니가 너무너무 화가 나서
내게서 돌아서던 것도 기억난다. 아마도 그건 슬픔이었다.
어머니가 내게 주신 모든 것에도 불구하고
그 사랑에도 불구하고, 나는 감사를 보여 드리지 못했기에.
그래서 나는 아무것도 모르는 척 했다.

그래서 나는 결코 용서받지 못했다.

류트로 부르는 노래

LUTE SONG

아무도 뮤즈가 되고 싶어 하지 않아;
결국, 다들 오르페우스가 되고 싶어 하지.

(공포와 고통으로부터)
용감하게 재구성된
그러니 숨이 막히도록 아름답지;

결국에는 되찾으면서,
에우리디케가 아닌, 한탄하는 영혼을,
그토록 열렬한
오르페우스의 영혼을, 인간으로

드러나는 것이 아니라, 오히려
순수한 영혼으로,
굴절된 나르시시즘을 통해
무심하게 불멸로 만들어진 채.

내 마지막 사랑의 아름다움을 영원히 남기려고
나는 재난의 하프를 만들었지.
내 고뇌는 하지만 그대로

형상을 위한 투쟁으로 남아 있고,

내 꿈들은, 드러내어 말해 보자면,
기억되려는 소망보다는
살아남으려는 소망에 가까워,
그게, 내 생각엔, 가장 심오한 인간의 소망이야.

오르페오

ORFEO

"J'ai perdu mon Eurydice……."
—크리스토프 빌리발트 글루크의 노래

나의 에우리디케를 잃어버렸어요,
내 사랑을 잃어버렸어요,
그런데 갑자기 나는 불어로 말하고 있네요,
이보다 더 좋은 목소리였던 적 한 번도 없는 것 같아;
이 노래들은 다
최고 수준의 노래들인 것만 같아요.

예술가가 되는 것은
어쨌든 사과를 해야 할 것만 같은 일이죠,
이 섬세한 지점들을 알아채는 것은 온전히 인간의 감각이 아닌 것처럼요.
누가 알까요, 신들은 하계(下界)에서 절대로 내게 말을 건네지 않았지요,
나를 절대로 뽑지도 않았어요,
아마 그건 다 착각이었어요.

오, 에우리디케, 내 노래 때문에 나와 결혼한 당신,

왜 당신은 인간의 위로를 원하면서 내게 의지하나요?
당신이 다시 그 복수의 여신들을 보면
그 분노에다 무얼 말할지 누가 알까요?

그들에게 말해 주세요 내가 내 사랑을 잃어버렸다고;
나는 지금 완전히 혼자인 걸요.
진짜 슬픔이 없다면 이런 음악은 없다고
그들에게 말해 주세요.

하계에서, 나 그들에게 노랠 불러 주었지요; 그들이 나를 기억할 거예요.

계곡으로 내려가기

DESCENT TO THE VALLEY

위로 올라가는 그 세월은 걱정들로 꽉 차서
참 어렵다는 걸 나는 알게 되었다.
내 역량은 의심하지 않았다:
오히려 내가 앞을 향해 나아갈 때면,
미래는 두려움으로 다가왔다, 내가
알아차리게 된 그 모습. 나는 보았다
인간의 한 생의 모습을:
한쪽에선 늘 위로 향하고 앞으로 향하고
빛으로 가고; 다른 쪽에선,
아래로, 불확실의 안개 속으로 간다.
모든 열의는 지식에 저당 잡혀 꺾이고.

나는 이걸 다른 식으로도 알아냈다.
첨탑의 불빛, 그 빛은
이론적으로는 오르는 목표였는데, 실은
사무치도록 추상적인 것으로 드러난다:
내 마음은, 올라갈 때는,
형식은 절대로 생각 않고 세세한 것들에만
온전히 마음을 준다; 내 눈은
발을 디디는 것에만 예민하게 몰두한다.

계곡으로 내려가는 길
지금 내 인생이 얼마나 좋은지,
계곡엔 안개가 걷혔고
비옥하고 평온하다.
그렇게 하여 처음으로 나는
앞을 내다보고, 세상을 바라볼 수 있게 되었다,
심지어 앞으로 나아갈 수 있게 되었다.

그 옷

THE GARMENT

내 영혼은 말라붙었다.
불에 던져진 영혼처럼, 완전히는 아니고,
소멸까지는 아니고. 바싹 말라서,
계속 말라갔다. 바스라질 것 같다,
고독 때문이 아니라 불신 때문에,
폭력의 여파로.

영(靈)은, 몸을 떠나기로 초대 받아,
잠시 몸에서 나와 서 있었다,
덜덜 떨면서, 전과 같이
너는 그 성스러운 이들에게 나타난다—
은총의 약속에 의해
고독으로부터 이끌려 나온 영.
어떻게 하면 네가 또다시
다른 존재의 사랑을 믿게 될까?

나의 영혼은 시들었고 쪼그라들었다.
몸은 그 영혼에 너무 큰 옷이 되었다.

그래서 희망이 내게로 되돌아왔을 때

그것은 완전히 다른 희망이었다.

콘도

CONDO

나는 나무속에서 살았다. 꿈에서
소나무가 나왔고 내가 계속 애도하려면
설득이 필요한 것 같았다. 나는 너의 꿈들이
너를 바보라고 하는 게 끔찍이도 싫다.

나무 안은,
이십 년 전 뉴저지 플레인필드에 있는 내 아파트였다,
전기난로 하나 산 것 말고는 모두 그대로였다.
깊이 뿌리내린

열정은 이 층을 원하고! 과거가
미래보다 더 길게 간다 해서
미래가 없다는 뜻은 아니다.

꿈에선 서로를 잘 몰라봤기에
그들은 당황했다: 다 쓰러져 가는 집이

줄지어 서 있는 풍경—베라가 거기 있었다,
빛에 대해 이야기하면서.
분명 빛이 참 많았다,

벽이 없었으니.

나는 생각했다: 침대가 있을 곳이 이쯤인가,
플레인필드에서 있던 곳에.
그리고는 깊은 평화가 나를 덮쳤다,
세상이 너를 건드릴 수 없을 때 느끼는 감정.
안 보이는 침대 너머로, 어른거리는
물푸레나무 사이로, 늦여름의
빛이 좁은 거리에 드리웠다.

너는 말할지도 모르겠네,
꿈이 바뀌었다고, 희망의 영역을 더하면서. 그건
아름다운 꿈이었다, 내 인생은 작고 달달했고, 세상은
멀리 있기 때문에 널찍하게 잘 보였다.

꿈은 내게 보여 주었다 어떻게 하면 다시 꿈꾸는지
꿈에서 안전하게 있으면 된다고. 꿈은 내게 보여 주었다
내 낡은 침대에서 잠을 자면서, 발가벗은
물푸레나무 사이로 첫 별이 빛나고.

들어 올려진 나는 멀리 반짝이는 도시로
실려 갔다. 갖는다는 것은 바로 이런 뜻인가,
내려다본다는 것? 아님 아직도 꿈을 꾸는 건가?
땅을 거역하기로 선택했으니,
나는 옳았던 거야, 그치?

불멸의 신

IMMORTAL LOVE

마치 문처럼
몸이 열렸다 그리곤
영혼이 내다보았다.
처음엔 쭈뼛쭈뼛, 그리곤
조금 덜 쭈뼛쭈뼛,
안심할 때까지.
그런 다음 갈망 속에서 영혼은 한 걸음 나섰다.
그런 다음 뻔뻔한 갈망 속에서
그런 다음 어떤 욕망의
초대로.

난잡한 것, 너는 이제 어떻게
신을 찾을 거니? 너는 어떻게
성스러움을 알아볼 거니?
정원에서조차 너는
몸 바깥이 아니라 몸속에서
살라는 말을 들었다, 필요하다면
몸속에서 고통 받아야 한다고.
네가 한 곳에 절대로 오래 있지
않는다면, 신이 네게 준 그 집에

절대로 있지 않는다면, 신은 너를
어떻게 찾을까?

아니면 신이 너를 가두려고
한 적이 한 번도 없어서, 너는
집이 없다고 믿는 거니?

세속의 사랑

EARTHLY LOVE

그 시간의 규약이
그들을 함께 묶었다.
(매우 오랜)
기간이었다, 그동안
일단 자유로워진 심장은
자유를 구속해야만 했다,
형식적인 제스처로: 가슴 뭉클한
동시에 어쩔 수 없이 운명 지워진 봉헌.

우리 자신에 대해 말하자면:
다행히 우리는 이런 조건들에서
떨어져 나왔다, 언제 내 인생이 산산이 부서졌는지
내가 나 자신에게 일러 주었을 때.
그래서 우리가 그토록 오래 지녔던 것은
다소는
자발적이면서 생생한 것이었다.
나중에 한참 뒤에서야
나는 다른 식으로 생각하기 시작했다.

우린 모두 인간이다—

우리는 우리 자신을
할 수 있는 만큼은 잘 보호한다,
심지어 명료함을 거부할 만큼,
자기기만을 무릅쓸 만큼. 내가
빗대어 말했던 봉헌도 마찬가지다.

하지만, 이 기만 안에서,
진정한 행복이 시작했으니.
하여 나는 이 실수를 똑같이
되풀이할 수 있을 것 같다.
그런 행복이 환상에 기초한 것인지
아닌지를 아는 것이 내게는
별로 중요한 것 같지 않다:
그건 그것대로의 현실이 있으니.
어느 쪽이든, 그 행복은 끝이 날 것이니.

에우리디케

EURYDICE

에우리디케는 지옥으로 돌아갔다.
힘들었던 건
그 여정이었는데,
도착하자마자, 그건 잊힌다.

이동은
힘들다.
두 세계 사이를 움직이는 건
특히 더 그러하다;
긴장이 엄청나기에.

후회로 가득한
갈망으로 가득한 여정,
그 여정에 대해 우리는, 이 세상에
미미한 접속 혹은 기억을 갖고 있다.

잠깐 동안
지하 세계의 어둠이
(온화하고, 공손하게)
그녀 주변에 다시 내려앉을 때

아주 잠깐
지상의 아름다움을 담은 이미지가
그녀에게 다시 닿을 수 있었다,
그녀가 그토록 슬퍼했던 아름다움.

하지만 인간의 불성실함과 함께 사는 것은
또 다른 문제다.

카스티야

CASTILE

카스티야 너머로 오렌지 꽃 난분분하다
아이들은 동전을 구걸하고.

오렌지 나무 아래서 나는 애인을 만났다
아님 아카시아 나무였나,
아님 그가 내 애인이 아니었나?

난 이걸 읽었지, 그리고 난 이런 꿈을 꿨지:
깨어나면 내게 일어난 일을 되돌릴 수 있나?
산미겔의 종(鐘)들이
멀리서 울리고
그늘 아래 그이 머리는 백금발

나는 이런 꿈을 꾸었다,
그건 그 일이 일어나지 않았다는 뜻인가?
진짜가 되려면 이 세상에서 그 일이 일어나야 하나?

나는 모든 것을 꿈꾸었다, 그 이야기는
나의 이야기가 되었다:

그는 내 곁에 누워 있었다,
내 손이 그이 어깨의 살갗을 스쳤다

한낮, 그리고는 이른 저녁:
멀리서, 기차 소리

하지만 그건 그 세상이 아니었다:
그 세상에서, 일은 마침내 일어난다, 절대적으로,
마음은 그것을 되돌릴 수 없다.

카스티야: 수녀님들이 둘씩 짝지어 어두운 정원을 걷고 있다.
'성스러운 천사 학교' 담벼락 밖에선
아이들이 동전을 구걸하고 있다.

내가 깨어났을 때 나는 울고 있었다,
그건 현실이 아닌가?

오렌지 나무 아래서 애인을 만났다:
나는 추론이 아닌
사실들만 망각하고 있었다—

어디선가, 울면서, 동전을 구걸하는 아이들이 있었고

나는 모든 꿈을 꾸었다, 나를
완전히 내어 주고서 영원히

기차가 우리를 데려다주었다
처음엔 마드리드로
그리곤 그 바스크 지역으로

변덕스러운 대지

MUTABLE EARTH

너는 치유된 거니 아니면 치유되었다고 생각만 하는 거니?

나 스스로에게 말했다,
아무것도 아닌 것에선
아무것도 빼앗기지 않는다고.

그런데 너는 아직도 누군가를 사랑하니?

내가 안전하다고 느낄 때, 나는 사랑할 수 있어.

하지만 너는 누군가를 만질 거니?

나 스스로에게 말했다,
내가 가진 것이 하나도 없다면
세상은 나를 만질 수 없을 거라고.

욕조에서, 나는 내 몸을 꼼꼼히 살핀다.
그렇게 하도록 배웠다.

그리고 네 얼굴도?

거울에 비친 네 얼굴도?

나는 방심 않고 경계했다: 내가 나를 만질 때면
나는 아무 느낌이 없었다.

그때 너는 안전했던 거야?

절대로 안전하지 않았어, 내가 제일 숨겨져 있을 때도.
내가 기다리고 있을 때조차도.

그래서 너는 널 지킬 수 없었던 거야?

절대적인 것은
침식되는 법: 자아를 둘러싼
그 경계, 그 벽이 침식된다.
내가 만약 기다리고 있었다면,
나는 시간의 습격을 받았을 거야.

그런데 너는 네가 자유롭다고 생각하니?

나는 내 본성의 패턴을 안다고 생각해.

그런데 너는 네가 자유롭다고 생각하니?

나는 가진 게 하나도 없었거든,
그래서 나는 계속 바뀐 거야.
의복처럼, 나의 무감각이
끌려 나갔지. 그러고 나서
갈망이 더해졌지.

날개 달린 말(페가수스자리)

THE WINGED HORSE

여기 나의 말, 관념이 있다,
은백색, 그 페이지의 색,
쓰이지 않은 것의 색.

와라, 관념아,
악마적인 야망에서 벗어난 의지로:
나를 그 불멸의 지역으로 가볍게 데려가 다오.

나는 내 다른 말에 싫증이 나네,
현실에서 벗어난 본능으로,
먼지의 색, 실망의 색,
그럼에도 불구하고
그와 함께 갔던 안장과
청동 박차, 파괴할 수 없는
금속 재갈.

세상의 선물들도 다 지겨워, 세상이
정해 놓은 한계들도.

누가 나를 반대하는 것도 넌더리 나

그런 일로 계속 부딪치는 게 지긋지긋해, 거대한
벽 옆에 있는 것처럼 거기선 내가 말하는
모든 것이 일일이 체크되고.

그렇다면 오너라, 관념아,
그렇게나 많은 것들을 데려간 곳으로 나를 데려가거라,
여기서 아주 먼 곳, 그 무상, 그 별의 초원으로.

나를 빨리 데리고,
눈먼 희망에서 벗어나 꿈을 꾸어라.

세속적인 공포

EARTHLY TERROR

나는 부유한 도시 입구에 서 있었다.
신들이 요구한 모든 것을 다 갖추고 있었다;
준비가 되었다; 준비하는
부담은 아주 오래된 거였다.
그래서 그때가 바로 절호의 찬스였다,
내게 할당된 그때.

왜 너는 겁이 났던가?

그때가 바로 절호의 찬스였다;
응답이 준비된.
내 입술 위에서,
그 단어들이 떨고 있었다, 절묘하게
맞아떨어지는 그 단어들이. 덜덜 떨고—

그래서 나는 알았다 내가 재빨리
대답하지 못하면, 외면당하리란 걸.

황금 가지

THE GOLDEN BOUGH

사랑의 여신조차도
자기 아이들을 위해서 싸운다, 그건
일종의 자기 허영이지만: 다른 영웅들보다,
아이네이아스가 잘 나갔다; 지옥에서 되돌아 올라오는 길도
쉬워졌다. 사랑에 희생하는 것도
다른 영웅들보다는 덜 고통스러웠다.
그의 마음은 분명했다: 그가 희생을 견디고 있을 때도,
그는 희생의 실용적인 목적을 봤다. 그의 마음은 분명했다,
그리고 그 명징함 안에서, 그는 절망에 맞서 굳건해졌다,
슬픔이 심장을 더 인간적으로 만들었을 때도
그게 아니면 심장은 꼼짝도 않을 것만 같았는데. 아름다움이
그의 정맥에 흘렀다: 그 이상은
아무것도 필요하지 않았다. 그는 다른 비전에,
예술과 과학의 세계에 자리를 내주었는데, 그 길들은
결국 고통스럽기만 했다, 그 대신
지상의 다양한 민족들을 하나의 제국으로
모았다, 항복을 통한 정의라는 신념으로, "겸손한 자를 살리고
교만한 자를 물리치라"는 의도로: 불가피하게,
주관적인, 심판이 불가피하게 있듯이.
아름다움이 그의 정맥에 흘렀다; 더는 무엇도 필요하지 않았다.

그것 그리고 제국을 좋아하는 취향:
그만큼이 입증될 수 있는 거였다.

저녁 기도

EVENING PRAYERS

나의 죄는
정말이지 평범한 것 같아요:
도와달라는 요청은
은혜를 베풀어 달라는 요청을 덮고
가련히 여겨 달란 애원은
불평을 살며시 가리네.

봄날 저녁에 평화가 너무 없어서,
나는 힘을 달라, 방향을 달라 기도하지요,
그러면서 내 병을
이기고 살아남게 해 달라 청하지요,
(화급한 일)—나중 일은
절대로 신경 쓰지 않고.
나는 이걸 특별한 것으로 만들어요,
미래에 이토록 무관심한 것,
한층 고조된 불굴의 용기로
홀로 고통에 맞서기 위해
그때쯤 내가 얻게 될 용기도 말이지요.

오늘밤, 이토록 불행한 중에도,

나는 궁금하네요, 기도를 듣는 이에겐
어떤 자질이 필요한지 말이에요.
산들바람이 작은 자작나무 이파리를
흔들 때, 나는 어떤 현존을 만든답니다,
완전 회의적이면서 또 완전 다정하고
그래서 도저히 놀랄 수가 없도록요.

내 죄는 평범한 것 같아요, 그래서
의도된 것이지요; 나뭇잎이
흔들리는 게 느껴지네요, 이따금
단어들도 함께, 이따금 말없이,
마치 연민의 가장 고상한 형식은
아이러니가 되는 것처럼요.

잘 시간이야, 그들이 속삭이네요.
누워 거짓말을 시작할 시간이야.

유물

RELIC

내 슬픔 없이 나는 어디에 있을 수 있을까요,
내가 사랑하는 사람이 만드는 슬픔,
그의 어떤 흔적이 없다면, 모든 은총 중에서
제일 오래 지속되는 이 노래가 없다면?

오르페우스가 노래하고 있을 때
당신은 어떻게 죽고 싶은가요?
긴 죽음; 하계(下界)로 가는 길 내내
나는 그이 소리를 들었어요.

지상의 고문,
치명적인 열정의 고문—

때로 생각하지요
너무 많은 것이 우리에게 요청되었다고;
때로 생각하지요
우리의 위로는 대가가 가장 큰 일이라고.

하계로 가는 길 내내
내 남편 노래 소릴 들었어요,

지금 당신이 듣는 내 소리만큼 많이.
그쪽이 아마 더 나았을 거예요,
내 머리 속에서 내 사랑은
죽음의 순간에도 상큼하니까.

그 첫 응답이 아니라—
그건 공포였어요—
그 마지막 응답.

둥지

NEST

새가 둥지를 만들고 있었다.
꿈속에서 그걸 세심히 살폈다:
내 인생에서, 내가 되고 싶었던 것,
이론가가 아니라 목격자.

당신이 시작하는 그 장소가
당신이 끝나는 장소를 결정하진 않는다: 그 새는

마당에서 자기가 찾은 걸 가지고 갔다,
기본적인 재료들을, 이른 봄,
빈 마당을 불안하게 훑어보면서;
남쪽 담벼락 옆 흙무더기에서
부리로 잔가지를 밀고 있다.

외로움의
이미지: 그 작은 생명이
아무것도 들지 않고 온다. 그러곤
마른 가지들. 하나씩 하나씩,
자기 소굴로 잔가지를 옮긴다.
그때는 그게 다였다.

거기 있는 걸 가지고 갔다:
집히는 것을. 정신만으로는
안 되는 거였다.

그리고는 그걸 엮었다 마치 최초의 페넬로페처럼
하지만 다른 목적을 향하여.
그걸 어떻게 엮었더라? 새는 엮었다,
조심스럽지만 절망스럽게, 몇 안 되는 잔가지들
나긋나긋하여 잘 구부러지니
그 가녀린 것, 그 다루기 힘든 것 위로 이걸 고른다.

이른 봄, 늦은 적막.
새는 빈 마당을 휘 돌아서
남아 있는 것 위에서
살아남으려 애를 쓴다.

임무가 있는 것이다:
미래를 상상하는 것. 계속해서 주변을 날면서,
바깥세상의 그 한결같은 냉기 속에서
헐벗고 선 나무의 고독에다

끈기 있게 작은 가지들을 입히면서.

나는 같이 세울 게 없다.
겨울이었으니: 과거 말고 다른 건
상상할 수가 없었다. 과거는 상상조차
할 수 없었으니 상상해야 한다 하더라도.

여기 어떻게 왔는지 잘 모르겠다.
다른 이들은 모두 훨씬 더 멀리 간다.
우리가 시작을 기억할 수 없는 인생의 한때에
나는 처음으로 돌아왔다.

그 새는
사과나무에서 잔가지를 모았다,
가지 더미에 하나씩 얹으면서.
근데 언제 갑자기 거기에 *더미*가 있었더라?

다른 이들이 다 끝낸 후에
찾은 것들로 만들었다.
똑같은 재료다—마지막에 끝내는 것이

왜 중요하지? 똑같은 재료, 똑같이
제한된 물건. 갈색 가지들,
잘리고 떨어진. 한 가지엔,
노란 울 한 가닥.

엘스워드 애비뉴

ELLSWORTH AVENUE

봄이
내려왔다. 아니면 장미라 말해야
하나? 장미가 피었다 말해야 하나?
버틀러네 집에,
마녀 개암나무가 활짝 피었네.

그러면 늦은 2월
이었을 거야.

새해의
연노랑 색,
경험 안 해 본 색깔. 칙칙한
땅 위의 얼음 빛깔.

나는 생각했다: *지금 멈춰, 그 뜻은*
여기서 멈춰.
내 인생에 대해 말하는 것.

그해의 그 봄: 개나리
노랑-초록, 새 잔디를 심은

학생 식당—

새로운 것은
늘, 새로운 것을 보호했다
노골적인 보호막을 치고서, 언어의
금속 명판에 하얀 띠를
둘렀다.

우리는 그것이 살기를 바라므로,
연한 녹색으로
어두운 형체에 테를 두르고.

늦
겨울 태양. 아님 봄?
봄의 태양이
그렇게나 빨리? 빼곡한 개나리에
가려지고. 나는 그 속을 똑바로
아니 거의 똑바로 들여다보았다—

길 건너, 작은 꼬마가

공중에 모자를 던졌다: 늘

새롭게 올라가는, 그 신선한
휘청대는 색깔들, 올라가고 솟아오르고,
파랑색 금색이
번갈아가며:

엘스워드 에비뉴.
죽은 잡목들 너머로 의기양양한
줄무늬 추상화
사람 머리를 그린.

봄이
내려왔다. 아니면 다시
올라갔다 말해야 하나? 아니면
지상에서 부서졌다 말해야 하나?

지옥

INFERNO

너는 왜 떠나왔나?

나는 불에서 산 채로 걸어 나왔어;
어떻게 그럴 수 있지?

얼마나 잃어버렸나?

잃은 건 없어: 몽땅
파괴되었어. 파괴는
행위의 결과지.

진짜 불이 있었나?

이십 년 전에 그 집에 되돌아갔던 기억이 나,
뭐라도 하나 건지려고.
도자기니 뭐 그런 것. 온갖 것에 다
연기 냄새였어.

꿈속에서, 나는 장례식 장작더미를 만들었어.
나 스스로를 위해서, 당신은 알죠.

충분히 겪었다고 생각했는데.

이게 내 육신의 끝이라고 생각했어: 불은
갈망의 끝인 것 같았어;
둘 다 똑같았다.

하지만 당신은 죽진 않았잖소?

꿈이었으니: 나는 집에 가는 길이라고 생각했어.
내 자신에게 계속 말하던 기억이 나
통하지 않을 거라고; 내 영혼은 고집이 세서
죽지도 못한다고 생각하던 기억도 나.
영혼은 의식과 똑같다고 생각했어—
아마도 누구나 그렇게 생각하겠지.

너는 왜 떠나왔나?

깨어나 보니 다른 세상에 있었어.
아주 간단하지.

너는 왜 떠나왔나?

세상이 변했어. 나는 불에서 걸어 나와
다른 세상으로 들어갔어—아마
내가 알기론, 망자들의 세상일 거야.
욕구의 끝이 아니라 가장 높은 권력으로
부활한 욕구.

장악

SEIZURE

당신이 나를 구했어요, 당신은 날 기억해야 해요.

당신이 내게로 왔어요; 두 번
정원에서 나 당신을 봤지요.
깨어났을 때 나는 땅 위에 있었어요.

내가 누군지도 몰랐어요;
어떤 나무가 있었는지도 몰라요.

정원에서 두 번; 그 전에
여러 번. 왜 그게 숨겨야
하는 일이죠?

산딸기가 아주 빽빽했어요;
솎아 내지도 않았는데, 풀도 안 뽑아 주었고.

어디에 있는지도 몰랐어요.
다만: 근처에 불이 있었어요—아니,
내 위였나. 멀리서,
강물 소리도.

빠져 있던 게 초점은 절대 아니에요.
의미였어요.

왕관이 하나 있었죠,
내 머리 위에 둥글게.
내 손은 흙으로 덮여 있었고,
일을 해서가 아니라요.

왜 내가 누워 있어야 하지요: 그 인생은
이제 끝이 났는데.
내가 아는 걸
이용하면 왜 안 되나요?

그 신비

THE MYSTERY

나는 빛의 생명체가 되었다.
캘리포니아의 어느 진입로에 내가 앉아 있었다;
장미가 붉게 피었고; 노랑 유모차에
돌돌 감긴 아기는 보글보글 물고기
소리를 내고 있고.

나는 접이식 의자에 앉아서
네로 울프를 읽고 있다 스무 번째다,
휴식이 된 추리소설이다.
순수한 이들이 누구인지 안다; 어느 정도는
내가 그 대가의 천재성을 갖고 있다, 유연한 마음에
시간은 두 방향으로 움직인다; 뒤로는
행위에서 원인으로
앞으로는 정당한 해결로.

두려움을 모르는 마음이여, 다신 떨지 말거라:
유일한 그림자는 좁은 종려나무 그림자라
너를 완전히 가릴 수 없단다.
동쪽의 그림자들과는 같지 않다.

내 인생은 나를 여러 곳으로 데려갔는데,
많은 곳이 무척 어두웠다.
인생은 내 의지와는 상관없이 나를 끌고 갔다
뒤에서 나를 밀면서,
한 세상에서 다른 세상으로,
물고기 같은 아기처럼.
완전 제멋대로,
확실한 형식도 없이.

열정적인 위협과 질문들,
정의를 찾는 오랜 방식은,
다 착각이었음이 틀림없다.

하지만 나는 놀라운 것들을 보았다.
나는 끝에 가선 빛이 나기 시작했다;
내 책을 여기저기 가지고 갔다,
이 단순한 신비에 매달리는
공부벌레 학생처럼

그래서 내 자신 안에서

그 마지막 고발들을 잠재울 수도 있겠지:

너는 누구니 그리고 네 목적은 뭐니?

비통

LAMENT

끔찍한 일이 일어나고 있다—내 사랑이
다시 죽어 가고 있다, 이미 죽은 내 사랑이:
죽었고 애도되었는데. 음악이 계속된다,
이별의 음악: 나무가
악기가 된다.

이 땅은 얼마나 잔인한가, 버드나무가 어른거리고,
자작나무가 구부러지고 한숨 쉰다.
얼마나 잔인한가, 얼마나 심오하게 부드러운가.

내 사랑이 죽어 가고 있다; 내 사랑은
한 사람만이 아니라, 한 생각이고, 한 생이다.

내가 무얼 위해 살까?
그를 어디에서 다시 찾을 수 있을까
류트가 연주되는 어두운 숲,
슬픔 안에서가 아니라면.

한 번으로 충분해. 한 번으로 충분해
지상에서 작별을 고하는 것.

슬퍼하는 것 또한 물론.
한 번으로 충분해, 영원히 작별하는 것.

꽃이 죽 피어 있는 석조 분수 옆에서
버드나무들 어른거린다.

한 번으로 충분해: 그가 왜 다시 살아 있는지?
그처럼 짧게, 꿈속에서만.

내 사랑이 죽어 가고 있다; 헤어짐이 다시 시작되었다.
버드나무 축 늘어진 사이로
햇살이 일어나 반짝거린다,
우리가 알던 빛이 아니다.
새들이 다시 노래하고, 슬퍼하는 비둘기조차 노래한다.

아, 나 이 노래를 불렀구나. 석조 분수 옆에서
버드나무들 다시 노래하고 있다
말로 할 수 없는 다정함으로, 이파리를
반짝이는 물 위에 드리우고서.

분명히 나무는 안다, 알고 있다. 그는 다시 죽어 가고 있다,
세상도 그러하다. 내 남은 생이 죽어 가고 있다,
그렇게 나 믿는다.

새로운 생

VITA NOVA

막 헤어진 꿈속에서
우리는 누가 블리자드, 그 개를
키울지를 두고
싸우고 있었다. 당신이 내게
그 이름의 뜻을 이야기해 준다. 그 개는
크고 폭신폭신한 어떤 개와
닥스훈트 사이 잡종이었다. 이 개에
수컷 혹은 암컷의 생식기가
있어야 하나? 불쌍한 블리자드,
왜 개가 되었지? 그 개는
자기 접시에 담긴 허머스는 손도 대지 않았다.
그러다 다른 어떤 것, 어떤 소리가
들렸다. 움직이는
자갈 같은 것. 아님 모래인가?
시간의 모래? 그 다음엔
에리카가 나왔다. 자기 마라카스를 들고
의인화된 시간의 모래 같다
마라카스. 누가 이걸 개에게
설명하겠는가? 블리자드야,
아빠는 네가 필요해; 아빠 심장이 텅 비어 버렸어,

아빠가 엄마를 떠나서가 아니라
아빠가 원하는 사랑이 엄마에겐
없기 때문이야, 엄마는
너무 비꼬는 타입이라—엄마는 진입로에서
룸바는 절대 하지 않을 테니. 아님
이게 틀렸나. 내가 개라고
생각해 보라, 나의 어린-자아처럼, 완전히
말을 배우기 전이라서 슬픔을 가눌 수 없는?
거식증을 앓는! 오 블리자드,
용감한 개가 되거라—이건
모든 재료다; 너는 다른 세상에서
깨어날 것이다,
너는 다시 먹게 될 거고, 너는 커서 시인이 될 거다!
인생은 아주 기이해서, 어떻게 끝이 나더라도,
꿈으로 가득 차 있다. 나 네 얼굴
절대 잊지 않을 거다, 눈물로 퉁퉁 부은
네 광폭한 인간의 눈.
내 인생이 끝났다고 내 심장이 깨졌다고 생각했다.
그러다 나는 캠브리지로 이사를 갔다.

"꾸밈없는 아름다움을 갖춘 시적 목소리로
개인의 실존을 보편적으로 나타낸 작가" _ 한림원

습지 위의 집

문단의 찬사를 받은
두 번째 시집

목초지

노벨문학상

새로운 생

새로운 생

초판 1쇄 인쇄일 2023년 5월 22일
초판 1쇄 발행일 2023년 6월 8일

지은이 루이즈 글릭
옮긴이 정은귀

발행인 윤호권
사업총괄 정유한

편집 구민준 **디자인** 김효정 **마케팅** 정재영 명인수 윤아림 김솔희 이아연
발행처 ㈜시공사 **주소** 서울시 성동구 상원1길 22, 6-8층(우편번호 04779)
대표전화 02-3486-6877 **팩스(주문)** 02-585-1755
홈페이지 www.sigongsa.com / www.sigongjunior.com

ISBN 979-11-6925-587-5 03840

*시공사는 시공간을 넘는 무한한 콘텐츠 세상을 만듭니다.
*시공사는 더 나은 내일을 함께 만들 여러분의 소중한 의견을 기다립니다.
*잘못 만들어진 책은 구입하신 곳에서 바꾸어 드립니다.

새로운 생

V i t a N o v a

새로운 생

옮긴이의 말 호모 누두스의 운명: '아직은 봄, 아직은 다정하게'_정은귀

시공사

옮긴이의 말

호모 누두스의 운명
: '아직은 봄, 아직은 다정하게'

정은귀

1999년 출간된 시집 《새로운 생》은 32편의 시로 이루어져 있다. 시집 한 권으로는 조금 짧은 분량이다. 제목 '비타 노바'(Vita Nova)는 단테(Dante Alighieri)가 1294년 펴낸 작품 'La Vita Nuova'(Vita Nova, The New Life)를 자연스레 떠올리게 한다. 단테의 작품이 영원한 연인 베아트리체에 대한 사랑을 노래한 대서사시이듯, 글릭의 시집 《새로운 생》 역시 사랑 이야기다. 그 사랑은 슬픔이 깃든 사랑이고, 별리를 아는 사랑이다. 그럼에도 불구하고 다시 시작하는 생에 대한 이야기, 그래서 다시 살아나는 것들의 기억들이 32편의 시에 촘촘히 그려져 있다.

시집의 첫 시와 마지막 시가 시집 제목을 그대로 가지고 온 'Vita Nova'인데, 역자는 처음에 '비타 노바'라고 음을 그대로 썼다가, 새로운 삶, 새로운 생 등 우리말로 자연스레 어떤 가능성을 떠올릴 수 있도록 고민했고 결국 '새로운 생'으로 옮겼다. 원 제목을 들었을 때 영어권 독자들이 느끼는 자연스러움 딱 그만큼 우리 독자들에게도 다가가는 게 맞겠다 싶었다. 이 시집에서 시인이 말하는 사랑은 까마득한 상실 이후에 맞는 봄의 사랑이다. 제목에서도 시집이 전하는 그 느낌, 슬픔과 별리를 지나 다시 출발하는 어떤 마음을 전달하고 싶었다. 어떻게든 새로이 기지개를 켜자고, 봄 안에서 봄이 전하는 목소리를 듣자고 말이다. 이전 시집 《야생 붓꽃》에서 우리는 산산이 부서진 목소리들의 귀환을 보았는데, 그것은 이 세계에서 입이 없이 서 있던 것들이 환한 꽃들로 발화한 세계였다. 이어서 《목초지》에서 시인이 그토록 흥미진진하게 골똘했던 가족이라는 세속적인 드라마 속에서 우리는 관계 안에서 필연적으로 겪을 수밖에 없는 온갖 날것의 감정들을 만났다. 기다림과 갈망, 피로, 없는 사람, 떠나는 사람, 떠나보내는 사랑, 아버지의 부재 속에서 엄마의 기다림을 바라보는 아이의 마음 등 여러 모습들을 마주했다. 이 시집에서도 관계가 던지는 근원적인 고독과 슬픔, 그럼에도 불구하고 나아가는 일 등 이 어지러운 세상을 살아가는 일, 우리를 살게 하는 힘은 어디에서 오는지, 관계성에 대한 탐색은 여러 변주를 거쳐 계속된다.

시인은 계속 질문한다. 이 혼돈의 세상 속에서 한 사람이 한 사람을 구원할 수 있는가 하고. 사랑에 빠지는 일은 구원할 수 있다는 마음에 기대는 일이다. 그리고 그 일은 동시에 죽어 가는 사랑을 바라보아야 하는 비통, 화르르 타오르다 재로 식어 가는 어떤 화약고를 이미 잠재적으로 품은 일이다. 시인은 그걸 안다. 반짝반짝 빛나는 사랑의 절정에서도 그 비통을 껴안고 있는 시인의 언어를 마주하는 일은 쉽지 않았다. 사랑이 피어날 때 앞으로 남은 일은 내리막길 밖에 없다는 불안을 너무 잘 아는 연인의 말은 불안하고 고독할 수밖에 없다. 삶이 주는 스산한 슬픔을 이미 충분히 잘 알아서 반짝 빛나는 순간에도 어떤 지긋한 둔통을 주는 언어들, 그래서 우리말로 옮기는 나날 내내 나는 그 통증을 견뎌야 했다.

"당신이 나를 구했어요. 당신은 나를 기억해야 합니다." 시집의 첫 시, 〈새로운 생〉 첫 줄이다. "그해 봄"이라는 말로 첫 줄의 당부는 기억을 반추하는 행위라는 것을 알 수 있다. 사랑에 빠진 청춘들, 별 뾰족한 이유가 없어도 나오는 깔깔 웃음소리, 들뜬 세상은 아름답다. 남자는 청혼을 하고, 여자는 청혼을 받아들이고, 신이 난 남자는 모자를 물속에 던진다. 그 싱싱한 축복, 하지만 그 소리들은 곧 세상의 어둠에 묻힌다. 묻힌 다음에는? 망각이다. 사랑에 빠졌던 사람들은 어찌 되었을까? 결혼을 하고 아이를 낳고 서로의 부풀어 오른 배를 어루만지며 검은 머리 파뿌리 되도록 내내 행복하게 잘 살았을까? 어머니가 케이크 담은 접시를 들고 있는 장면이 나오는 걸로 미루어 아마 행복한 어떤 날들이 펼쳐지고 또 지나갔을 것이다.

내 기억하기론,
작은 것들은 하나도 안 변했어, 그
생생한 순간은 못 건드려, 빛에 한 번도
노출되지 않았지, 그래서 나는 힘차게 깨어났지,
생을 갈망하는 나이에, 자신만만하게—

테이블 옆에는, 새로 난 너른 풀밭, 그 연초록은
어두운 땅으로 스며들고.

분명 봄이 내게 돌아온 거야, 이번에는
연인으로서가 아니라 죽음의 전령으로, 하지만
아직은 봄이야, 아직은 다정하게 있어야지.

〈새로운 생〉 부분

사랑은 피었다가 진다. 화르륵 피어나는 시간과 속절없이 지는 시간 사이에는 순간과 영원이 함께 흐른다. 사랑이 변하지 않아도 사람이 변하고 시간이 흐르고 우리는 그 어디쯤에 서 있다. 시인이 그럼에도 "당신이 나를 구했어요. 당신은 나를 기억해야 합니다"라는 말을 하는 것은 사랑을 얻고 사람을 얻는 기쁨이 설령 곧 재가 되는 현실을 안다는 것이고, 환희와 절망이 함께 춤추는 삶의 군무 속에서 기억하는 행위를 통해 그 작은 생생한 순간들을 다시 살기 위함이다. 연초록은 어두운 땅으로 스며드는 것이 자연스럽다. 꺼져 버린 재의 순간도 한때는 생생했다. 그리고 사람이 가지고 있는 작은 기억들, 그 생생한 순간은 누구도 건드리지 못한다. 시인은 봄이 돌아왔음을 이야기하지만, 그 봄은 사랑이 아니라 죽음의 전령으로 돌아온다고 한다. 우리에게 매번의 봄이 그러하듯이 말이다. 그 아득한 순간에 시인이 그래도 "아직은 봄이야, 아직은 다정하게 있어야지"라고 할 때, 나는 비로소 안도했다. 이 시 한 편이 이 시집 전체의 기운을 전하고 있어서, 살아 있는 매 순간이 꺼져가는 생명의 불빛과 사랑의 불빛을 보면서 "아직은 봄, 아직은 다정하게"라고 말하면서 다시 시작하는 시간이기에. 그래서 우리네 이 세계는 그 수많은 참혹과 절망, 패배와 피로 위에서도 새로운 생이기에.

시집 《새로운 생》은 인간 삶에 본질적으로 드리운 짙은 역설을 껴안으며 작은 것들에서 희망을 찾으며 계속 나아가리라는 다짐이 강하게 드러나는 시집이다. 그래서 어떤 비평가는 이 집의 성취를 영국의 시인 예이츠의 노년기 작품에 빗대어 비교하기도 한다. 미국에서 계관 시인을 지냈으며 한국을 방문한 적도 있는 묵직하고 노련한 시인 로버트 하스(Robert Hass)는 글릭의 시가 주목을 받지 못했던 초기부터 그의 시를 세심하게 살폈다. 하스는 글릭의 서정시가 그만의 어떤 형식을 발명하는 데 성공했다고 보았는데, 글릭 시에서 독특한 형식의 '발명'을 이야기하자면, 서정 주체가 독백과 흡사한 방식으로 대화를 이어나가고 그게 이야기를 만드는 기이한 힘이 된다. 누가 누구에게 이야기하는지 분명하지 않게 들려주는 목소리들의 다양한 변주를 우리는 이미 《야생 붓꽃》에서 보았다. 시에서 말하는 목소리, 즉 내가 누구인지, 말하는 사람이 시인 자신인지 신화 속 그 다양한 인물들인지 분명히 드러나지 않는 목소리 사이에서 우리는 그 목소리와 대화하는 우리 자신을 보면서 어떤 삶을 다시 산다. 누군가의 삶을 다시 사는 것은 우리 삶을 돌아보는 일이기도 하다. 그래서 이번 시집 《새로운 생》을 읽는 시간은 우리 각자의 삶 속에서 새로운 생을 가늠해 보는 시간이다. 꼭 봄이 아니더라도 봄을 부르고 또 그 봄에 기댈 수 있기에.

시집에서 봄은 중요한 배경이자 장치다. 봄은 어떤 계절인가. "대기가 사과꽃 향기로 가득"(〈새로운 생〉)한 봄은 사랑에 빠지기 좋은 계절이다. 봄은 죽음과 생이 동시에 꿈틀대는 시간, 긴 겨울 끝에서 기다림과 체념과 희망이 함께 보채듯이 살을 섞는 시간이다. "봄날 저녁에 평화가 너무 없어서"(〈저녁 기도〉) 시인은 자신의 죄를 생각한다. 너무 평범한 죄를 생각하며 힘을 달라고 방향을 달라고 기도한다. 봄날 살랑거리는 이파리들은 인간에게 속삭인다. 잘 시간은 "누워서 거짓말을 하는 시간"이라고. 그 봄에 우리는 무얼 하는가? 그 봄에 우리는 무얼 기다리는가? 그 봄에 우리는 무얼 꿈꾸는가?

이른 봄에 "빈 마당을 불안하게" 훑어보는 새(〈둥지〉)는 되는대로 잔가지를 집어서 자기 소굴로 옮긴다. 이른 봄, 빈 마당에서 홀로 외로이 잔가지들을 집어 옮기는 새는 흡사 시인 자신이기도 하고 이 시를 읽는 독자이기도 하고, 시를 옮기던 나 자신이기도 하다. 새가 잔가지를 엮는 행위.

그리고는 그걸 엮었다 마치 최초의 페넬로페처럼
하지만 다른 목적을 향하여.

그걸 어떻게 엮었더라? 새는 엮었다,
조심스럽지만 절망스럽게, 몇 안 되는 잔가지들
나긋나긋하여 잘 구부러지니
그 가녀린 것, 그 다루기 힘든 것 위로 이걸 고른다.

이른 봄, 늦은 적막.
새는 빈 마당을 휘 돌아서
남아 있는 것 위에서
살아남으려 애를 쓴다.

임무가 있는 것이다:
미래를 상상하는 것. 계속해서 주변을 날면서,
바깥세상의 그 한결같은 냉기 속에서
헐벗고 선 나무의 고독에다
끈기 있게 작은 가지들을 입히면서

〈둥지〉 부분

그런 새를 바라보는 '나'는 함께 세울 것이 없다. 이른 봄이지만 나는 아직도 겨울을 나고 있기에. 겨울을 앓고 있기에. 과거 말고 다른 건 상상할 수가 없는 마음의 상태. 이미 지나간 과거라는 시간은 상상하는 시간이 아니기에 설령 상상해야 한다 해도 시인에게 남은 것은 없다. 그런 겨울의 시간에 시인은 이른 봄 마당에서 새가 엮는 둥지를 본다. 사과나무 잔가지를 하나씩 모아 엮은 어떤 더미를. 새가 둥지를 엮는 힘은 과연 무엇일까? 새는 무엇으로 가지를 엮어 둥지를 만드는가? 시인은 새가 만든 어떤 더미, 둥지를 바라보며 묻는다. 그러면서 본다. 새가 마지막에 잔가지를 엮은 것은 바로 남들이 써다 버린 재료, 그 똑같은 재료란 것을. 어떤 새로운 재료가 아니라 "똑같은 재료, 똑같이 / 제한된 물건. 갈색 가지들, / 잘리고 떨어진." 그리고 "한 가지엔 / 노란 울 한 가닥"이 남아서 그 둥지를 묶어 준다.

이 소박한 시는 참 놀랍다. 이 시 하나가 그대로 기적이다. 이 시에서 나는 글릭이 한걸음 한걸음씩 걸어온 시의 길을 본다. 시인이 시를 쓰는 일은 마치 이른 봄, 빈 마당에서 잔가지를 되는대로 집어 나르는 새의 움직임과 같다. 새가 둥지를 엮는 과정은 제대로 건질 만한 것 하나 없이 오로지 다 쓴 것들만 남은 폐허 위에서 뭔가를 만드는 인간의 일과 비슷하다. 어제가 오늘 같고 오늘이 내일 같은 지겨운 일상의 시간을 여며 사는 우리의 일은 낡은 단어들을 매만지고 챙기는 시인의 일이고 이는 곧 총총히 여린 가지를 줍는 새의 일이다. 그 점에서 이른 봄은 겨울을 살고 있는, 여전히 의식의 겨울을 혹독하게 통과하고 있는 우리 자신에게 선물이 되는 시간이다. 그 작고 여린 가지들, 흩어져 있으면 아무것도 아닌 것들을 모으는 행위 자체가 기적인 것이다.

그래서 시인은 "정신만으로는 / 안 되는 거였다"고 말한다. 결국 우리를 어떤 절망, 어떤 폐허 위에서도 다시 살게 하는 것은 잔가지를 모으는 새의 그 작은 움직임, 그 끈질긴 동작이기에 말이다. 이른 봄의 늦은 적막 속에서 "새가 빈 마당을 휘 돌아서" 남아 있는 것 위에서 살아남으려 애쓰는 그 몸짓, 시인은 이를 어떤 "임무"가 있는 것으로 읽는데, 그 임무란 것이 둥지를 만드는 일, 미래를 상상하는 일이다. 이처럼 글릭은 봄의 다른 얼굴들을 우리가 인간으로 살면서 겪는 생의 역설 속에 비추어 본다. 봄날 저녁, 사람의 일이란 끝을 알면서도 실망할 줄 알면서도 계속 기대하고 갈망하는 과정, 무너짐 속에서 우리는 견디고 희망하며 일상을 이어나간다.

앞서《목초지》에서 보여주었듯, 그리고 후에 다른 시집들에서 실험하는 것처럼 시인은 시인이 통과한 일상, 희망과 상실이 함께하는 그 시간을 그려낼 때도 상상의 장을 일상의 시간과 먼 다른 시간대, 다른 공간을 섞어 만든다. 카르타고의 여왕과 로마인의 학문이 봄 마당 위의 새와 동시에 호출되고, 에우리디케, 황금 가지, 단테의 지옥을 연상케 하는 '지옥'이 슬며시 등장한다. 떠나온 사람, 불에서 산 채로 걸어 나온 사람의 이야기가 일상의 결 위에서 켜켜이 놓인다. 우리는 서로가 서로를 애타게 찾는 사람들, 서로가 서로를 구하는 사람들, 그럼으로써 기억되는 사람들, 우리 각자는 모두 집으로 가는 길 위의 존재들, 슬픔 없이는 어떤 존재의 이유도 찾을 수 없는 불안한 영혼들, 이 시집에서 인간은 모두 호모 누두스(homo nudus), 즉 헤아릴 수 없는 큰 슬픔에 빠진 존재다.

내 슬픔 없이 나는 어디에 있을 수 있을까요.
내가 사랑하는 사람이 만드는 슬픔.
그의 어떤 흔적이 없다면, 모든 은총 중에서
제일 오래 지속되는 이 노래가 없다면?

오르페우스가 노래하고 있을 때
당신은 어떻게 죽고 싶은가요?
긴 죽음: 하계로 가는 길 내내
나는 그이 소리를 들었어요.

〈유물〉 중에서

노래하는 음유 시인 오르페우스, 에우리디케와 결혼했는데, 에우리디케는 뱀에 물려 그만 죽게 된다. 에우리디케를 되찾으려고 하계로 찾아가 하데스 앞에서 리라를 연주한 그. 그 연주가 얼마나 아름다웠는지 복수의 여신들도 눈에서 피가 아닌 눈물을 흘렸고 하데스와 페르세포네마저 감동했다는 이야기는 우리에게 익숙한 신화다. 페르세포네의 간청에 하데스는 에우리디케를 풀어 주는데, 여기에 조건이 하나 있었다. 둘 다 지상에 나갈 때까지 오르페우스가 돌아보면 안 된다는 것. 그런데 한참 앞서 나가다가 지상의 빛이 보이자 다 왔다고 생각한 오르페우스는 그만 뒤를 돌아보았고, 미처 다 빠져나오지 못했던 에우리디케는 그만 하계로 다시 돌아가 버린 이야기. "내 슬픔 없이 나는 어디에 있을 수 있을까요?" 에우리디케와 오르페우스의 이야기는 사랑이 만드는 슬픔이, 사랑의 흔적이 사람을 살게 하는 노래가 될 수 있다고 말한다. 호모 누두스의 운명이다.

시 〈에우리디케〉에서 글릭은 하계로 다시 돌아가는 에우리디케를 그린다. 두 다른 세계를 이동하는 존재. 엄청난 긴장에 쌓인 채, 후회로 가득한, 갈망으로 가득한 어떤 여정, 지하 세계의 어둠과 지상의 아름다움이 함께 스쳐간 그 짧은 시간. 그토록 아득했던 슬픔. 그토록 빛났던 갈망, 시 마지막에 "하지만 인간의 불성실함과 함께하는 것은 / 또 다른 문제다"라는 단 두 줄의 서술을 통해 시인은 신화 속 인물이 지녔던 갈망과 희망을 이 세계 속 인간 삶의 여정과 함께 놓는다. 부주의하고 불성실한 사람을 사랑하는 일, 슬픔을 겪을 수밖에 없는 인연. 알면서도 불성실함을 견디는 운명. 마음대로 안 되는 그 모든 인연 속에서 사랑을 앓는 자는 필연적으로 사랑 안에 내재된 슬픔과 내재된 불안, 사랑의 상실을 앓는 자. 호모 누두스다.

그렇다면 인간이 되는 일은 그 결핍과 상실, 슬픔을 견디는 일인가. 시인에게 인간이 되는 일은 그토록 취약하고 불안하고 슬픈 존재의 존재다움을 받아들이는 과정이다. 우리는 모두 인간이므로, 그럭저럭 스스로를 안간힘으로 포장하면서, 자기기만 속에서 어떤 봉헌 속에서 우리 각자를 보호하며 서로에게 상처 입히며 산다. 그렇게 살아지는 것이 인간이다. "하지만 이 기만 안에서, / 진정한 행복이 시작했으니. / 하여 나는 이 비통한 실수를 똑같이 / 되풀이 할 수 있을 것 같다"(〈세속의 사랑〉) 이토록 솔직한 자기 고백이라니……. 신화 속 인물을 주인공으로 내세우지만 너무도 세속적인 이 세상의 존재들을 여실히 들여다보게 하는 글릭의 시. 신화의 세계에서 신들이 보여 주는 사랑도 인간 세계의 세속적 사랑과 하나도 다르지 않다는 이토록 선연하게 보여 주는 시를 읽으면서 우리는 위안을 받는가? 아니면 그 슬픔의 선연함에 몸서리치고 절망하는가?

시인의 시선은 호모 누두스의 운명 속에서도 어떻게든 살아남으려는 소망을 가진 이들의 몸부림에 닿는다. "내 꿈들은, / 드러내어 말해 보자면, / 기억되려는 소망보다는 / 살아남으려는 소망에 가까워" (〈류트로 부르는 노래〉)를 이야기할 때, 시인은 가장 심오한 소망을 기억되려는 소망보다 살아남으려는 의지로 본다. 뮤즈가 되는 것보다 오르페우스가 되는 것이 더 좋은 이유는 그 때문이다. 살아남아서 마지막 사랑의 아름다움을 남기는 일, 시인은 오르페우스의 소망을 세속의 남성들의 묘한 나르시시즘과 겹쳐 이야기한다.

오르페우스가 류트로 부르는 노래는 에우리디케를 영원으로 새기는 일이지만, 그 행위는 동시에 기억되는 것보다 살아남으려는 소망으로 인해 가능해지는 일, 오르페우스의 노래는 굴절된 나르시시즘이 새기는 무심한 불멸의 노래가 된다. 사랑에 있어 남자와 여자를 어떤 속성으로 나누어 이야기하는 것이 늘 들어맞는 것은 아니지만 참으로 신랄하고 예리한 시선이 아닐 수 없다. 결국 불멸의 사랑을 노래하는 오르페우스도, 자신의 부주의한 돌아봄으로 에우리디케, 자신의 사랑을 하계로 돌려세우는 존재에 불과한 것이다. 살아남으려는 소망이 가장 심오한 인간의 소망이라는 그 마지막 고백은 남성성에 대한 시인의 통렬한 비판이 아닐 수 없다. 잃어버린 에우리디케를 향한 절절한 사랑 노래는 이토록 비루한 인간 존재의 옆얼굴과 고스란히 겹쳐 있다. 신화의 인물을 빌려서 하는 이야기들은 실은 시인 자신의 삶의 이야기이도 하다. 시에 드리우는 모든 피로와 절망은 시인 자신의 것이기도 했을 터, 많은 평자들이 글릭의 결혼 생활이 시에 투영되어 있다고 보는 것도 그런 이유다. 하지만 시인은 자신의 시가 당대의 수많은 여성 시인들이 구사했던 적나라한 고백 시로 읽히는 것을 원하지 않았다. 형식의 '발명'에 신화를 적극적으로 들인 것도 자신의 생을 될수록 시에서 멀리 띄워 보내기 위한 장치 중 하나다.

내 영혼은 말라붙었다.
불에 던져진 영혼처럼, 완전히는 아니고.
소멸까지는 아니고. 바싹 말라서,
계속 말라갔다. 바스라질 것 같다.
고독 때문이 아니라 불신 때문에.

폭력의 여파로.

〈그 옷〉 중에서

시집 전반에 드리우는 비극은 슬픔을 아는 존재의 가망 없음이다. 영혼은 말라붙어 버렸다. 여기서 시인은 시들고 말라붙어서 쪼그라들어 버린 어떤 영혼을 그린다. 그런 영혼에게 몸은, 육체는 너무 크고 헐렁한 옷이다. 쪼그라들어 버린 영혼은 다시 희망을 만날 수 있을까? 시인은 가능하다고 한다. 하지만 "희망이 돌아올 때 / 그것은 완전히 다른 희망이" 된다고 말한다. 이미 말라붙은 영혼, 어울리지 않는 몸을 옷으로 입고 있는 그 영혼에게 희망은 완전히 다른 희망으로 오는 것이다. 시인 자신의 삶과 고스란히 겹쳐질 고단한 피로 속에서 말라 버린 영혼은 꺼질 것 같지만 완전히 꺼지지는 않는다. 시인 자신 또한 자신을 덮친 그 무수한 생의 굴곡을 그처럼 살아남으려는 의지 속에서 걸어왔을 것이기에 그러하다. 앞서 이른 봄 빈 마당에서 잔가지를 주워서 둥지를 만드는 새가 시인과 흡사하게 겹쳐지는 것처럼, 시인은 생의 다른 리듬을 내내 모색한다.

계곡으로 내려가는 길
지금 내 인생이 얼마나 좋은지,
계곡엔 안개가 걷혔고
비옥하고 평온하다.
그렇게 하여 처음으로 나는
앞을 내다보고, 세상을 바라볼 수 있게 되었다.
심지어 앞으로 나아갈 수 있게 되었다.

〈계곡으로 내려가는 길〉 부분

사랑의 환희와 절망을 함께 보는 시인은, 위로 올라가는 삶과 아래로 내려가는 삶 또한 같이 본다. 시 〈계곡으로 내려가는 길〉에서 글릭은 위로 올라가는 길, 그 세월은 "걱정으로 꽉 차서 / 참 어렵다는 걸" 알게 되었다고 말한다. 앞으로 나아갈 때 역량은 의심하지 않는다고. 미래는 두려움으로 다가오지만, 앞으로 향하는 빛이 있어 그렇게 간다고. 하지만 위로 오르는 길을 이끄는 빛은 첨탑의 불빛과도 같아서 너무너무 추상적이라고, 그래서 모든 올라가는 일은, 한 걸음 한 걸음 발을 디디는 일만 몰두하는 일, 긴장과 불안, 두려움의 연속을 조심스레 디디며 우리는 주변을 보지 못한다. 고개 들어 하늘도, 계곡의 풍경도 보지 못한다. 올라가는 길에서 우리는 바로 앞만 보는 근시안이었다. 하지만, 내려가는 길, 안개 걷힌 계곡에서 시인은 비로소 깨닫는다. 처음으로 앞을 내다보고 세상을 바라볼 수 있게 되었다고. 그래서 내려가면서 비로소 앞으로 나아갈 수 있게 되었다고.

삶이 온통 상승 욕구로만 추동될 때는 우리는 내려가는 길을 보지 못한다. 내려가는 길은 실패인 것만 같아서, 내려가는 길은 패잔병의 기진맥진한 희망 없음인 것만 같아서 하강의 움직임은 생각하지 않는다. 그러나 시인은 내려감을 통해 세상을 더 넓게 바라보는 것을 배우고, 심지어 앞으로 나아갈 수 있게 되었다고 고백한다. 그렇게 우리는 돌이킬 수 없는 상실, 끔찍한 패배와 무서운 좌절, 영혼의 췌절 이후에 간신히 돌아본다. 어떤 다른 길을, 지나온 길과는 다른 삶의 방식을.

실패를 자인하고 불성실과 실수를 후회하고, 돌이킬 수 없는 상실을 노래로 부르는 일, 우리 한 생이 이러한가. 호모 누두스의 슬픈 노래로 가득한 시집 《새로운 생》의 마지막 시는 다시 〈새로운 생〉이다. 자다 깨어 어떤 꿈을 생각한다. 우리는 누가 개를 키울지를 두고 싸우는 중이다. 세속의 세계에서 일어나는 흔한 싸움, 헤어지는 단계에서 꼭 필요한 어떤 타협이다. 개의 이름은 블리자드. 눈보라라는 뜻이다. "블리자드야, / 아빠는 네가 필요해; 아빠 심장은 텅 비어 버렸어" 그러면서 설명한다. 아빠가 엄마를 떠나는 이유, 떠나서 떠나는 것이 아니라 아빠가 원하는 사랑이 엄마에게서 없어서라고. 여기서 아빠의 목소리를 빌어서 개 블리자드에게 하는 당부는 바로 시인 자신에게 하는 당부 같다. 이게 다 재료라고! 너는 다른 세상에서 태어날 것이라고, 너는 다시 먹게 될 거고, 너는 커서 시인이 될 것이라고!

부부가 헤어지는 마당에 눈보라라는 이름을 가진 개에게 하는 말, 시인이 되라는 말은 실은 어린 날의 글릭에게 남겨진 말이기도 하다. 눈물로 퉁퉁 부은 눈, 광폭한 인간의 눈은 개의 눈이면서 그런 말을 하는 인간의 눈이다. 눈보라 개는 불화 속에서 말을 잃고 우는 아이와 고스란히 겹쳐진다. 시는 "내 인생이 끝났다고 내 심장이 깨졌다고 생각했다. / 그러다 나는 캠브리지로 이사를 갔다"라는 두 줄의 이탤릭체로 끝난다. 이 마지막 부분에서 독자는 이 이야기가 글릭 자신에게서 나온 거라는 걸 선연하게 알게 된다. 말을 배우기 전에 아이는 슬픔을 표현하는 방법을 모르지만, 아이는 자라서 말을 배우며 그 모든 슬픔과 고통과 갈등, 이해할 수 없는 세상의 온갖 진창의 말들을 모으고 엮어 시인이 되었으리라. 어른이 되어 돌아오고 맛보는 사랑의 기대와 환희, 아픔과 상실 또한 이렇게 엮었으리라. 익숙한 공간을 떠나면서 새로운 생이 다시 시작되었던 것처럼, 시인의 일은 잔가지와 같은 그 작고 보잘 것 없는 것들을 엮어 기억하는 일. 그게 곧 시인을 살게 하였다는 것을 우리는 알게 된다.

가끔 이 생각을 한다. 죽음에 가까웠을 극심한 거식증을 간신히 회복한 시인 글릭의 동력이 어디에 있었을까? 글릭은 자기 생에 새겨진 사랑의 기억, 살핌의 손길, 그러다 어쩔 수 없이 만나는 불행과 상실의 흔적을 차곡차곡 마음 깊이 내려 두었다가 그걸 건져 올려서 시로 쓴 시인이라고. 사랑이 환하게 피어났다가 죽는 일을 생각해 본다. 우리는 모두 상실을 앓는 사람이므로. 우리는 부모와, 자식과, 사랑하는 사람과, 친구와 필연적으로 헤어질 운명이기에. 어떤 만남도 끝까지 함께 하지는 못하기에.

시인은 남은 사람 안에서 사랑이 살다가 그 사람과 함께 다시 사랑이 죽는 일을 노래한다. 사랑은 헤어짐으로 한 차례 죽기도 하지만, 그 헤어짐을 간직하며 살다가 죽어가는 사람, 남은 사람 속에서 마침내 한 번 더 죽는다. 이파리를 반짝이는 물 위에 드리우고서 이 봄볕에 환하게 노래하는 버드나무를 보며 시인은 말한다. "분명히 나무는 안다, 알고 있다. 그는 다시 죽어 가고 있다. / 세상도 그러하다. 내 남은 생이 죽어 가고 있다. / 그렇게 나 믿는다."(〈비통〉) 생의 찬란한 봄볕에서 죽음을 노래하는 버드나무의 노래, 그 안도감이란!

그러니 우리는 지극한 슬픔을 지극히 슬퍼할 필요가 없다. 내 존재를 걸었던 대상이 사라지는 어떤 상실 앞에서, 내가 죽고 싶을 만큼 나를 슬프게 하는 비통 속에서 우리가 아파 울 때, 시인은 이렇게 말하는 것 같다. 너무 슬퍼 말라고. 미리 앞당겨 죽을 일도 아니라고. 너 또한 다시 죽어가고 있다고. 나무도, 나도, 세상도. 호모 누두스의 운명을 이처럼 아무렇지 않게, 뭉근하고 통렬하게 들려주는 시인이 어디 있을까?

긴 시간 거쳐 역자 후기를 쓰면서 나는 이제 비로소 마음이 한결 가벼워지는 느낌이다. 도처에 죽음이 도사린 봄을, 올해도 유난히 오래 앓았기 때문이다. 언젠가 부모님의 불화로 방황하며 죽고 싶다고 내게로 온 학생에게 나는 글릭의 이 시집을 읽어 보라고 권했는데, 그 아이는 이 시집을 읽었을까? 슬픔과 상실을 존재의 기본 값으로 입력하고 나면 이 봄, 아직은 봄이라, 아직은 다정하게, 빈 마당에서 혼자서라도 잔가지를 하나씩 주울 수 있을까? 그래서 나도 그 새처럼 둥지를 하나 지어 볼까? 이미 멸망해 버린 것 같은 이 세상, 저 반짝이며 나풀거리는 상실, 우리가 놓치고 잃어버린 목숨들 위에도 아직 우리를 구원하는 무엇인가가 있을 것이기에. 떠난 후에도 시의 재료가 되는 말들이 있기에, 그렇게 우리는 폐허 위에서 무언가를 주우며 오늘, 이 시간을 산다. 나 또한 어떤 슬픔의 봄을 보냈지만, 아직은 봄이라, 아직은 다정하게, 그렇게 독자들에게 말을 건다. 유난히 긴 시간이었다. 기다림을 뭉근하게 삭혀 준 편집자에게, 그리고 곧 만날 독자들께 고마움 전한다.

이 책은
독자들을 위해 만들어진
비매품입니다.

Louise Glück

죽음에 가까웠을 극심한 거식증을 간신히 회복한 시인 글릭의 동력이 어디에 있었을까? 글릭은 자기 생에 새겨진 사랑의 기억, 살핌의 손길, 그러다 어쩔 수 없이 만나는 불행과 상실의 흔적을 차곡차곡 마음 깊이 내려 두었다가 그걸 건져 올려서 시로 쓴 시인이라고.

값 13,000원
979-11-6925-587-5 03840